Bon d'ép

LE RÊVE D'UNE NUIT D'HIVER

POÈME

HOMMAGE A L'HELVÉTIE

POUR SON HOSPITALITÉ

ENVERS L'ARMÉE FRANÇAISE 1870-71

PAR

JULES BLANCARD

Membre de la société des poëtes et honoré d'une mention
spéciale au concours littéraire de Bordeaux.

Ouvrage admis aux concours académiques de
La Charente-Inf⁶ et du Gard et aux jeux
Floreaux des centenaires de Molière (Paris 1873)
et de Pétrarque (Fontaine de Vaucluse 1874).

PRIX ; 30 cent.

Montélimar. Imp. Cheynet fils.

38658

Y+ Ye

LE RÊVE D'UNE NUIT D'HIVER

MONTÉLIMAR, IMPRIMERIE. CHEYNET FILS

PORTE St-MARTIN.

LE RÊVE D'UNE NUIT D'HIVER

POÈME

HOMMAGE A L'HELVÉTIE

POUR SON HOSPITALITÉ

ENVERS L'ARMÉE FRANÇAISE 1870-71

PAR

JULES BLANCARD

Membre de la société des poëtes et honoré d'une mention
spéciale au concours littéraire de Bordeaux.

Ouvrage admis aux concours académiques de
La Charente-Inf^{re} et du Gard et aux jeux
Floraux des centenaires de Molière (Paris 1873)
et de Pétrarque (Fontaine de Vaucluse 1874).

PRIX ; 30 cent.

LE RÊVE

D'UNE

NUIT D'HIVER

HOMMAGE

D'UN

FRANÇAIS AU PEUPLE SUISSE

Fiat lux

Par une nuit d'hiver, le terrible aquillon,
Soufflait avec fureur dans le fond du vallon.
J'étais sombre et rêveur, blotti dans ma chambrette
Pour compagne mon feu, ma lampe et ma couchette
Il neige à gros flocons, me disais-je, et ce soir,

Je ne sortirai point, car le ciel est trop noir.
Allons, puisqu'il le faut, cherchons pour nous dis-
(traire,
Un livre, du papier, soit quelque chose à faire.
Qu'allons-nous griffonner ? De la prose ou des vers,
Chantons-nous les saisons, chantons-nous l'univers?
Nous avons de la marge, allons vaille que vaille...
Mais que vois-je ? sitôt, quoi, ma Muse qui baille ;
Je saurai, palsambleu, vous tenir en éveil.
— Tes efforts seront vains, pour ce soir, j'ai
(sommeil,
— Ah ! Je le sais trop bien, belle capricieuse,
Fort aimable parfois et parfois ennuyeuse;
Si trop on vous contraint, on grimace en chantant,
Mignonne allez dormir, je vais en faire autant.....

Au milieu de la nuit, alors que tout sommeille,

Un étrange concert vient frapper mon oreille ;
Un rayon de clarté me dessille les yeux ;
Étonné, tout ravi, je vois s'ouvrir les cieux,
Je vois les séraphins aux ailes déployées,
Escorter fièrement tout un essaim de fées,
L'allégresse est partout, le ciel est palpitant ;
Une divinité sur un char éclatant,
Qu'emportent deux coursiers aux allures magiques,
Vogue dans l'Empyrée aux accents des cantiques.
Dans un mol abandon, ma Muse à ses côtés,
Le regard langoureux, les charmes égarés,
Promenant sur sa lyre une main diaphane ;
Fait entendre des sons inconnus du profane,
Dont l'écho d'alentour, redisant les accords,
Fait s'agiter le ciel en de divins transports.
Quelle preuve d'amour, au Très-Haut! tout soupire
Tout tressaille et s'anime en un charmant délire.
D'un nuage d'encens s'élève au médium
Le chœur des Chérubins chantant le *Te Deum* ;

Et l'on entend au loin le murmure des plaintes
Qu'exprime en gémissant la voix des orgues saintes
Oh ! sublime splendeur ! Mystique pureté !
Tout s'exhale en parfum dans cette immensité.

Tout à coup, j'aperçois, comme un trait de lumière
Le char fendant l'azur, s'élancer vers la terre :
Suprême étonnement qui confond ma raison,
Je le vois s'arrêter là-bas sur l'horizon ;
Et moi-même soudain, comme pris de vertige,
Je me sens transporté vers le lieu du prodige.
Tout tremblant et saisi de ces faits merveilleux,
Je contemple étonné ce message des cieux
Près la divinité je reconnais ma Muse,
Et dans la folle ardeur de ma raison diffuse
Quoi, belle ! vous ici, m'écriai-je éperdu !
D'où me vient ce bonheur ! j'en suis tout confondu.

Enfant qui de mes lois affronte le caprice,
A tes nobles desseins je veux être propice.
Viens, prends place avec nous sur le char d'Apol-
                                              (lon,
L'amour-sylphe léger sera l'automédon ;
Oui partout dans l'espace, et sur terre et sur l'onde
Je saurai t'inspirer en parcourant le monde.
Tiens, comprends si tu peux tout ce vaste univers,
Embrasse du regard l'immensité des mers,
Vois dans leur majesté ces pics au front de neige,
Contemple et ne crains rien, les anges font cortége.
« Dieu ! que le monde est grand ! Oui partout l'infini
« Auteur de l'univers, que ton nom soit béni. »

Oublieux de l'obstacle et franchissant l'abime,
Sous le ciel nous courrons ainsi de cime en cime ;
Des hauteurs du Liban à la sainte Sion,

Du mont Capitolin à l'antique Ilion,
Sous la zône de glace ou la zône torride,
Notre course sans frein est joyeuse et rapide.
Pérégrination toute folle d'ardeur,
Qui d'ivresse et d'amour, nous fait battre le cœur,
Saluant en passant les élus du Parnàsse,
Et le Dante et Milton et Virgile et le Tasso,
Notre esquif aérien en fiévreux vagabond,
A travers l'Océan nous emporte d'un bond.
Et plus prompt que l'éclair, effleurant l'Arcadie,
Vient planer doucement sur la belle Helvétie.

Là, le plus bel aspect se dévoile à nos yeux,
La nature avec art joue au prodigieux,
D'un côté ce géant, au sommet gigantesque,
Surplomblant un abîme ajoute au pittoresque,
De l'autre en la vallée aux plus riants côteaux,

Qu'en un jour dessina le caprice des eaux,
L'on voit s'épanouir un pays de bocage,
Pour devenir plus loin tout aride et sauvage.

Ici les prés en fleur, jardins perpétuels ;
Là-bas les noirs frimas, les glaciers éternels ;
De toute part le lit d'un torrent invincible,
Contraste avec le front d'un pic inaccessible :
C'est ici que Cybèle étale ses faveurs,
Sous ce ciel tout d'azur, embaumé par les fleurs ;
C'est l'Eden enchanté, le pays de Cythère,
On y respire l'air le plus pur de la terre.

Muse, le tambour bat, on sonne le clairon ;
Entendez au lointain ; c'est la voix du canon.....

Quel sinistre présage! on entend des murmures;
Mais oui, ce bruit confus, c'est le bruit des armures.
Ciel! l'écho des clameurs retentit de partout;
Et que vois-je! Grand Dieu! cent mille hommes
(debout!
Une armée en haillons, des soldats tout en rage
Précipitent leurs pas jusque dans ce passage;
Oh! spectre de la guerre, Oh! fantôme hideux,
C'est le sang, c'est la mort, fuyons, fuyons ces
(lieux.

Doucement, mon ami, tiens, regarde avec calme,
Ni le sang, ni la mort; c'est la paix, c'est la palme,
Qu'apporte à ces martyrs le peuple helvétien;
Vois ce sont les Gaulois poussés par le Prussien;
Le hasard des combats les jette à la frontière,
Ils trouvent devant eux la terre hospitalière.

Ce peuple généreux accourt les bras tendus,
Se porter au-devant de ces enfants perdus :
Comme de vrais amis, de vaillants camarades,
Les vois-tu se confondre en longues embrassades,
Entourer les blessés de mille soins divers !
Ah ! ce pays n'est qu'un, parmi tout l'univers ;
Et si l'humanité devait fuir des deux mondes
Ces monts en garderaient les empreintes profondes ·

— O Muse ! dites-moi comment tous ces Brutus
Ont fait pour conquérir les vertus de Titus,
— A notre auguste Reine adresse ta requête,
Elle est tout le secret, secret de la conquête ;
Car le pays de *Furst*, de *Tell* et de *Rousseau*,
De notre auguste Sœur est aussi le berceau ;
Ce que tu vois ici de sublime constance,
N'est rien moins que le don de sa toute-puissance ;

Cette abnégation, la liberté, l'amour,
L'égalité, l'ardeur, la vaillance à son tour,
Tout autant de vertus au ciel dignes d'envie ;
Sont l'apanage saint de la libre Helvétie.

Secouant sa torpeur et le joug des tyrans,
Ce peuple, né d'hier, fut bientôt des plus grands ;
Dans la coupe amicale il noya son délire,
Et de ce noble élan que depuis l'on admire,
En invoquant la Reine, aux arts il s'attacha,
Et de son sceptre d'or, la Reine le toucha.
Auprès sa majesté sois ardent et sincère,
Tu connaitras ce nom que tout le ciel vénère.

.   .   .   .

— Belle divinité je suis à vos genoux ;
Vous dont le talisman apaise le courroux,
Dites-moi votre nom ; oh ! je vous en conjure,
Au nom de Dieu lui-même, enfin je vous adjure.

— Est-ce vrai, mon ami, tu ne me connais pas ?
Je ne puis m'expliquer un pareil embarras ;
Que fais-tu ? d'où viens-tu ? viens-tu des Antipodes ?
— Disciple d'Apollon, parfois je fais des odes ;
Je ne suis pas chinois, tartare ni malais,
Je ne suis point peau-rouge.. enfin je suis Français ;
— Français, Français ! dis-tu, ma surprise redouble
Ah ! j'ai peine à comprendre, en moi, je sens un
                                        (trouble ;
Eh quoi ! ce peuple altier, brave autant qu'or-
                                        (gueilleux,
Ne me connaîtrait pas ? Fi ! je retourne aux cieux ;

Avant, sois satisfait, car je vais être franche ;
Dis bien à ton pays qui parle de *revanche*...
Qu'il n'a pas les vertus pour la revendiquer ;
Les fusils, les canons, le feraient abdiquer ;
Qu'il ne peut rien sans moi, qu'il serait téméraire
D'invoquer du dieu Mars le règne sanguinaire ;
Il est vieux de mille ans ! A nous est l'avenir ;
Or voici, mon ami, voici pour en finir,
Ce nom qui t'est si cher et mes titres de gloire ;
Je suis .... *l'Instruction gratuite obligatoire!!!*

Jules BLANCARD

SAXON, (Valais Suisse), Janvier 1871

Montélimar, imp. Cheynet fils.

www.ingramcontent.com/pod-product-compliance
Lightning Source LLC
Chambersburg PA
CBHW061429170626
46811CB00005B/2200